Bean na bPlátaí

ISBN 1-85791-474-0

Muintir Chathail Teo. a chlóbhuail in Éirinn

Le fáil ar an bpost uathu seo:

An Siopa Leabhar,   nó   An Ceathrú Póilí,
6 Sráid Fhearchair,   Cultúrlann Mac Adam–Ó Fiaich,
Baile Átha Cliath 2.   216 Bóthar na bhFál,
ansiopaleabhar@eircom.net   Béal Feirste BT12 6AH.
                                     acpoili@mail.portland.co.uk

Orduithe ó leabhardhíoltóirí chuig:
Áis,
31 Sráid na bhFíníní,
Baile Átha Cliath 2.
eolas@forasnagaeilge.ie

An Gúm, 24-27 Sráid Fhreidric Thuaidh, Baile Átha Cliath 1

Bean na bPlátaí

Maolíosa Ní Chléirigh
a scríobh

Mary Arrigan
a mhaisigh

Do pháistí 6 bliana agus os a chionn sin

 **AN GÚM**
Baile Átha Cliath

Bhí bean ann uair agus Bríd ab ainm di.

Bean dheas ba ea Bríd.

Ach bhí drochnós amháin aici:

Bhíodh sí i gcónaí ag briseadh plátaí!

Ní bhíodh sé i gceist aici iad a bhriseadh.

Sé an chaoi a dtiteadh siad uirthi!

Bhí sí ag obair i dTeach Mór uair.

Bhí sí ag cur plátaí suas ar an drisiúr.

Ach féach céard a tharla:

Thit an drisiúr anuas uirthi!

Úúúúúúúúúps.......

O   Óóóó......

Thit na plátaí go léir ar an urlár
agus rinneadh

STEIG
MEIG

AGUS

Smidiríní

díobh go léir !

Bhí bean an tí crosta le Bríd.

Bhí fearg uirthi.

'Bíonn tú i gcónaí ag briseadh plátaí,' ar sí.

Thug sí bata agus bóthar di.

'Imigh leat,' ar sí, 'agus ná tar ar ais!'

Bríd bhocht!

Bhí uirthi post nua a lorg.

Fuair sí post nua i sorcas.

Bhí uirthi plátaí a chur ag casadh ar bharr bata.

Bhí na fir agus na mná grinn eile
in ann an cleas seo a dhéanamh
gan stró ar bith.

Ach nuair a rinne Bríd é...

Úúúúúúúúps ....

O Óóóó.......

Thit na plátaí go léir ar an talamh, agus rinneadh

STEIG
MEIG

AGUS

Smidiríní

díobh go léir!

Bhí Máistir an tSorcais crosta léi.

Bhí fearg air.

'Bíonn tú i gcónaí ag briseadh plátaí,' ar sé.

Thug sé bata agus bóthar di.

'Imigh leat,' ar sé, 'agus ná tar ar ais!'

Bríd bhocht!

Bhíodh sí i gcónaí ag briseadh plátaí!

Anois bhí uirthi post eile a fháil.

Fuair sí post nua in ospidéal.

Bhí uirthi béilí a thabhairt do na hothair.

Bhí tralaí aici leis an dinnéar a thabhairt timpeall.

Lá amháin sciorr sí.

Shleamhnaigh an tralaí as a lámh.

D'imigh sé leis síos an pasáiste
agus bhuail sé in aghaidh dochtúir
agus banaltra a bhí ag caint le chéile.

ÚÚÚÚÚÚÚPS......

O Óóóóóóóó.........

Thit na plátaí go léir ar an urlár,
agus rinneadh

STEIG
MEIG

AGUS

Smidiríní

díobh go léir!

Bhí an dochtúir crosta léi.

Bhí fearg air.

'Bíonn tú i gcónaí ag briseadh plátaí,' ar sé.

Thug sé bata agus bóthar di.

'Imigh leat,' ar sé, 'agus ná tar ar ais!'

Bríd bhocht!

Bhíodh sí i gcónaí ag briseadh plátaí!

Anois bhí uirthi post eile a lorg.

Fuair sí post nua i mbialann.

Bhí uirthi bia a thabhairt do na custaiméirí.

Bhí uirthi ceithre phláta a iompar in éineacht.

Lá amháin nuair a bhí sí ag teacht ón gcistin,
bhuail sí in aghaidh freastalaí eile
a bhí ag teacht isteach.

Thit na plátaí as a lámh ar an urlár. . .

ÚÚÚÚÚÚÚPS......

O Óóóóóóóó.........

Agus rinneadh

STEIG
MEIG

AGUS

Smidiríní

díobh go léir!

Bhí úinéir na bialainne crosta léi.

Bhí fearg air.

'Bíonn tú i gcónaí ag briseadh plátaí,' ar sé.

Thug sé bata agus bóthar di.

'Imigh leat,' ar sé, 'agus ná tar ar ais!'

Bríd bhocht!

Bhíodh sí i gcónaí ag briseadh plátaí!

Anois bhí sí gan phost arís!

Ní raibh post aici. Ní raibh airgead aici.

Bhí brón uirthi.

Thosaigh sí ag caoineadh:

'Bím i gcónaí ag briseadh plátaí,' ar sí.
'Ní bhfaighidh mé post eile go deo!'

Chonaic fear go raibh sí ag caoineadh.

'Cén fáth a bhfuil tú ag caoineadh?' ar seisean.

'Bím i gcónaí ag briseadh plátaí,' ar sise.

'Bíonn m'fhostóirí i gcónaí crosta liom,
agus cuireann siad an ruaig orm.

"Imigh leat!" a deir siad, "agus ná tar ar ais!"

Ní bhfaighidh mé post eile go deo!'

'Bíonn tú ag briseadh plátaí?' arsa an fear agus
thosaigh sé ag smaoineamh.

'Tá a fhios agamsa an post duitse,' ar sé.
'Lean mise.'

Lean Bríd an fear.
Tháinig siad go dtí monarcha mhór.
Nuair a chuaigh siad isteach, chonaic Bríd na mílte
pláta ag gluaiseacht ar chrios iompair fada.

Sheas siad ag féachaint ar na plátaí ag dul thar bráid.
'Féach ar an bpláta sin,' arsa an fear,
agus thóg sé an pláta ina lámh.

'Tá sé lochtach. Féach tá scealpóg bheag as.
Ní bheimid in ann é sin a dhíol.
Bris é le do thoil.'

'Céard?' arsa Bríd.

'Bris an pláta,' arsa an fear.

Bhí iontas ar Bhríd. Ní dúirt aon duine léi riamh cheana
pláta a bhriseadh.

'Bris an pláta????' ar sí.

'Sea, bris an pláta.'

Thóg Bríd an pláta
agus lig sí dó titim ar an urlár.
Rinneadh

STEIG
MEIG

AGUS

Smidiríní

de.

'Maith thú!' arsa an fear.

Ní dúirt aon duine é sin riamh cheana le Bríd
nuair a bhris sí pláta.

'Anois,' arsa an fear, 'seo jab duitse.

Aon phláta atá lochtach, caithfidh tú
é a thógáil den chrios iompair
agus é a bhriseadh isteach sa bhosca mór seo.

Má dhéanann tú an jab go maith
íocfar go maith thú.'

Rinne Bríd jab maith
ag briseadh na bplátaí lochtacha.

Tá sí fós ansin.

Is breá léi a post nua
agus tá a fostóir lánsásta léi!

Fuair sí gradam nua le déanaí.
Is í an Príomh-Bhristeoir Plátaí sa mhonarcha anois í.
Tá cúigear ag obair fúithi.